우리가 잃지 않은것을

기억하며,

2025. 봄날

정 이 현

사는 사람

사는 사람

정이현

위즈덤하우스

차례

1

죽도록 열심히 살 필요는 없다고 가르친 건 부모님이다. 요만한 위장을 달고 나왔으면서 미련하게 그걸 모르네. 저러다 짜구 나지. 옆집 개를 두고 엄마와 아빠가 사이좋게 흉보는 동안 일곱 살의 나는 납작한 배를 남몰래 손바닥으로 눌러보았다. 허튼 데 힘 빼지 말고 생긴 대로 대충 행복하게 살다 가면 된다는 것. 그것이 내가 태어나 자란

곳의 보편적 세계관이었다.

엄마와 아빠는 부부 동반으로 몇 개의 친목계를 꾸렸다. 여름마다 가족들끼리 승합차 몇 대에 나눠 타고 교외의 계곡으로 야유회를 갔다. 남자에게는 삼촌, 여자에게는 이모라고 불러야 했다. 삼촌들은 불콰한 낯빛으로 소주와 삶은 고기를 끝없이 먹어댔다. 술에 취해 고성이 오가거나 시비가 붙을 것 같은 순간이 있기도 했으나 또 언제 그랬냐는 듯 금세 서로 엉겼다. 이모들은 딱딱하고 찝찔한 안줏감을 씹으며 맥주를 마셨다. 높고 빠른 음성으로 종잡을 수 없이 이어지는 대화를 나누다 갑자기 목소리를 낮추고 이내 까르르대기를 반복했다. 괴상한 리듬으로 편곡된 트로트를 따라 부르다 누군가 갑자기 울음을 터뜨리는 일도 흔했다. 따라 우는 사람도 꼭 있었다.

하이라이트는 계곡물에 담가두었던 대형 수박을 쪼개는 순간이었다. 작년보다 크다 적다, 덜 여물었다 너무 익었다, 둘러선 모두가 한마디씩 거들었다. 그해의 수박은 적당했다. 칼날이 들어가는 순간 탄성이 터져 나왔다. 정중앙이 쩍 갈라졌다. 숭덩숭덩 대충 베어낸 수박 조각을 모두 하나씩 받아 들었다. 나만 빼고. 혹시 배가 아픈 거냐고 엄마가 산천이 떠나갈 것 같은 목소리로 묻지 않았다면 아까 계곡물에 담가둔 수박 옆에 포유류의 배설물로 추정되는 고동색 덩어리가 둥둥 떠내려가는 광경을 봤다는 사실을 굳이 밝히지 않았을 것이다. 남자들이 와하하 크게 웃었다.

"뉘 집 딸내민지 시력도 좋네. 아가야, 그거 똥 아니야."

"그래, 돌멩이야. 이런 데 돌은 원래 그런

색이다.”

어쩔 수 없이 수박 조각을 손에 쥐었다. 삼키지 못하고 오래 입에 물고 있었다. 과육에서 늙은 오이 맛이 났다. 자라는 동안 이유 없이 가슴이 답답할 때가 있었다. 다르게 사는 법을 알 수 없어서였을까. 공부를 뛰어나게 잘했다면 달라졌을지도 모른다고 생각하자 심장 부근이 조여들었다.

제대로 된 학원에 보내달라고 엄마에게 말한 적이 있었다. 고3이 되기 직전이었다. 제대로 된 학원이 어디냐고 엄마가 물었다. 서울이라고 대답하자 미쳤냐는 비수가 날아왔다.

“어떻게 다니게, 네가?”

엄마는 사실 ‘네까짓 게’라고 말하고 싶었을 거라고 어른이 된 나는 추측했다. 고속버스나 시외버스를 타면 된다고 대답하려했는데 엄마가 더 빨랐다.

"안 돼."

오빠에게도 그렇게 해주지 않았기 때문이라고 했다.

"걔는 공부를 못했잖아."

엄마가 내 눈을 지그시 바라보았다.

"욕심이 과하면 자기 자신을 부수는 법이야."

엄마는 '자기' '자신'이라고 연거푸 강조했다. 혹시 딸에게 모멸감 같은 감정을 맛보게 하려는 의도였을까. 그렇다면 실패했다. 대입 원서를 작성할 때 담임은 도청 소재지의 사립대학을 권했다. 그곳의 사범대학 정도면 안정권일 거라고 했다. 나는 그 제안을 받아들이지 않았다. 서울의 전문대학에 진학하겠다는 결정은 부모를 당혹스럽게 만들었다. 그러나 빨리 졸업하여 빨리 자립하겠다는, 전에 없이 고집스러운 딸의 주장을 꺾지 못했다. 그때 나는 멀리 가면 빨리 갈 수 있다고, 빨리 가면 멀리 갈 수 있다고 믿었던 것 같다. 빠르게 멀리 가는 것만이 삶의 유일한 이유여야 한다고.

아주 멀리 온 것 같은데 제자리 뛰기를 하고 있었던 기분이다.

2

상담실의 업무 개시 시간은 오후 2시였다. 매일 그렇듯 그날도 나는 오후 1시 59분에 심호흡을 마치고 2시 정각에 헤드셋을 썼다. 즉시 첫 콜이 울렸다. 입학 테스트 시즌이 다가오고 있다는 실감이 났다.

"안녕하십니까, 수학 전문, 돌핀, 매쓰입니다."

아무리 급해도 쉼표 세 개는 지켜야 했다. 더 급한 건 항상 저쪽임을 잊어서는 안 된다고 신입 직무 교육을 받을 때 부원장이 강조했다.

"왜냐하면 여기는 돌핀이니까요. 한시도 잊으면 안 됩니다."

당시만 해도 무슨 말인지 잘 몰랐지만 얼마 지나지 않아 알게 됐다. 어떤 이들에게 '돌핀'은 고유명사이자 아무나 가질 수 없는 상징의 집합체라는 것을. 입학 관문을 통과해 이 학원에 들어오고 싶어 하는 아이들, 아니 본인의 아이를 들여보내고 싶어 하는 부모들은 매우 많았다. 쉽고 편한 상대를 만만하게 대하는 게 가혹한 진리라는 가설은 학원가에서야말로 유효했다. 높고 까다로운 진입 장벽을 통과한 후엔 그만큼 깐깐하고 엄격한 관리가 이어지리라는 기대감을 주는 것이 돌핀의 성공적인 영업 전략 중 하나였다.

그날의 첫 번째 전화는 테스트 일정이 언제 공지되는지를 묻는 것이었다. 두 번째 전화의 용건도 거의 같았다. 이번엔 단체 공지가 나가기 전에 자신에게 미리 알려달라는 추가 요청이 붙었다. 나는 매뉴얼대로 대답했다. 매뉴얼만이 조직원을 보호한다는 것이 직무 교육의 또 다른 핵심이었다.

"단체 문자는 일정이 결정되는 순간 곧바로 발송할 예정입니다."

그러니 염려하지 말라는 말을 붙이려면 붙일 수도 있었지만 그러지 않았다. 세 번째, 네 번째도 마찬가지였다. 입학 테스트 일정에 대한 문의 전화만 열 통 연달아 처리했다. 이곳에서 2년을 보냈다. 매년 봄, 가을 두 차례 치러지는 입테를 네 번 치렀다는 뜻이다. 출생률은 급격히 줄어들었다는데 무슨 영문인지 시간이 지날수록 입학 열기는 고조되어갔다. 작년 시험날에는 교통경찰이 나와 주변 도로를 정리해야 할 정도로 인파가 몰렸다.

작년에 받았던 문의 전화 내용도 갖가지였다. 시험 당일에 가족여행을 가야 하는데 일정을 한 주 미뤄주면 안 되냐는 부탁 따위는 흔했고, 자신의 아이가 대외 공포증이 있으니 집에서 따로 시험을 보겠다거나 혼자 시험 볼 수 있는 방을 마련해주면 안 되겠느냐는 종류도 많았다. 가장 잊을 수 없는 건 어떤 남자의 전화였다. 중1 학생의 아빠라던 그 남자는, 본인이 입학시험 감독으로 자원하겠다고 말했다. 나도 모르게 "왜요?"라고 묻고 말았다. 공정성을 위해서라고 했다. "그건 어렵습니다"라고 단칼에 잘랐다. 나중에 생각해보니 '어려울 것 같습니다'라고 하지 않은 게 천만다행이었다. 그는 분명히 '같습니다'의 빈틈을 노렸을 것이다. 내 마음 한구석에 미묘한 부러움이 남았다. 시샘의 감정과는 다른, 순수한 부러움이었다. 태어나면서부터 저런 부모를 가진 아이는 자기가 가진 게 무엇인지 모를 것이다.

그 무렵 나에게 청탁 비슷한 걸 하려던

사람도 있었다. 학원 근처 스타벅스에서 우연히 만난 중학교 동창이었다. 그녀는 내가 근처 학원에 근무한다는 걸 듣고는 눈이 커지더니 기어이 학원명을 물었다. 학원명을 듣더니 "성공했네!"라고 크게 말해서 그만 말문이 막혔다.

이른바 학군지로 유명한 지역의 수학 학원에서 일한다는 것을 알게 되면 사람들은 대개 비슷한 반응을 보였다. 일단은 놀랐다는 제스처. 보통의 한국인들은 수학 더하기 학원이라는 조합 앞에서 그런 반응을 보이도록 프로그래밍 되었는지도 모른다. 직장의 이름이 일반인들 사이에서도 꽤 유명한 곳임을 알게 된 사람들은 또 한 번 놀랐는데 이번에는 진심의 비율이 높아졌다. '공부 잘하셨나 봐요'라는 식의 감탄도 많이 들었다. 의외라고 말하는 사람들도 있었는데 그럴 때 나는 별다른 대응을 하지 않았다. 상대방이 무례하다고 해서 거기에 맞출 필요는 없으니까. 그리고 그쯤에서 선택해야 했다. 사실을 밝힐 것인지, 오해를 그냥 놔둘 것인지.

동창에 대해서는 그냥 놔두는 쪽을 택했다. 전화번호를 교환하고 헤어진 며칠 후 문자메시지가 왔다. 시조카가 돌핀에 입학하려고 하는데 혹시 어떻게 안 될지 묻기 위해서였다. 그건 내 권한 밖의 일이라고 구구절절 답장을 달다가 천천히 지웠다. 아무것도 보내지 않았다.

그날의 열한 번째 전화를 받기 전에 나는 잠시 홀드 버튼을 눌렀다. 찬물 한 모금을 들이키면서 휴대폰을 확인했다. 인스타그램에 DM이 하나 와 있었다. 모르는 계정이었다.

—안녕하세요. 저는 3학년 4레벨 화목 C반 소정원이라고 합니다. 김다미 실장님께 꼭 드리고 싶은 얘기가 있어서 이렇게 연락드립니다.

학생이 이런 방식으로, 개인적인 연락을 해온 일은 처음이었다. 팔로워도 몇 되지 않고 게시물도 거의 없는 인스타 계정을 어떻게 알았는지 알 수 없었다. 소정원이라는 이름을 입속으로 몇 번 되뇌어보았다. 누군지 바로 떠오르지 않았다. 별 이슈가 없는 학생이라는 의미였다.

돌핀은 학년마다 성적과 진도에 따라 모두 여섯 개의 레벨로 나뉘어 있었고, 각 레벨은 수강 요일과 시간대에 따라 또 여러 클래스로 촘촘하게 나누어졌다. 이번 달 기준으로 중3 재원생 숫자는 251명이었다. 담당자라고 해서 당연히 모두의 얼굴을 기억할 수는 없었다. 평범한 학생은 학원의 관심 대상이 아니었다. 학원에서 주목하는 것은 어떤 면에서든 눈에 띄는 아이들이었다. 탑반에서도 매우 뛰어난 성적을 유지하고 있어서 다른 학원으로 넘어가면 안 되는 극소수, 또 출결 상태가 좋지 않거나 습관적으로 교육비가 밀리거나 아니면 유별난 성향을 가진 부모의 자녀들이었다.

DM이 발송된 계정에 들어가보았다. 프로필에 s.garden이라고 적힌 것이 소정원의 이름인 듯했다. 비공개 계정이었고, 게시물은 0이었다.

—네, 무슨 일이실까요?

일은 그렇게 시작되었다.

3

—토요일 오전 10시 반. 압구정역 부흥공인중개사사무소.

냉장고에서 우유를 꺼내 따르면서 우재의 메시지를 확인했다. 학원에는 토요일마다 보충수업이 있었고 실장들이 돌아가며 당직을 섰다. 토요일엔 약속을 잡기 전에 당직 여부를 먼저 확인하는 것이 우리 사이의 암묵적인 규칙이라고 이제껏 나는 믿었다.

—일요일은?

—불가. 토요일만 가능하대. 그 시간도 겨우 잡았음. 어렵게.

끄트머리의 '어렵게'가 눈에 박혔다. 누구에게나 이유가 있듯 우재에게도 그럴 것이다. 나는 그렇게 생각해보려 애썼다. 우재는 이번 임장지에 큰 기대를 하고 있었다.

압구정의 여러 단지 가운데 한강 공원이 가까워서 가장 인기가 많다는 곳이었다. 그런 곳의 대형 평수 로열층을 볼 기회는 흔히 오는 게 아니라고 했다.

"82동이라니까. 이건 정말 레어한 기회야."

우재에게 이야기를 너무 많이 들어서일까, 기회를 놓치기 아깝다는 마음이 나에게도 있었다. 강력한 소망에는 강력한 전염성이 있는지도 모른다. 어쩔 수 없이 당직을 바꿔달라고 동료에게 부탁해야 했다. 고향의 엄마가 편찮으시다는, 누구도 믿지 않을 만큼 진부해서 도리어 거짓말 같지 않은 거짓말을 했다. 답장을 기다리는 동안 잠깐이라도 누워 있고 싶었다. 혼자뿐이지만 침실로 가서 방문을 꼭 닫았다. 침대에 가만히 누웠다. 아무 소리도 들리지 않았다. 냉장고 모터 돌아가는 소리조차도. 이 고요함 속에서

비로소 조금 마음이 놓였다. 지금 사는 곳은 방 하나, 거실 겸 주방 하나, 욕실 하나로 이루어진 실평수 아홉 평짜리 집이었다. 몇 발짝 걸으면 욕실, 몇 발짝 걸으면 주방, 몇 발짝 걸으면 침대였다. 그러나 각 공간은 벽과 문으로 분리되어 있었다. 나누어져 있다는 것, 그것이 중요했다.

스무 살에 처음 서울에 왔을 때 기숙사에 살았었고 그 뒤엔 여성 전용 고시원에 살았다. 처음 제대로 된 원룸을 구해 이사했을 땐 세상을 다 가진 듯이 기뻤다. 하지만 침대와 싱크대와 다용도 테이블이 한 공간 안에 다닥다닥 붙은 원룸 생활자로 몇 해를 지내고 나니 최소한의 공간 분리에 대해 진지한 염원을 가지게 되었다. 때론 '나로부터 나를 분리'하고 싶은 날도 있는 것이다. 종종 내가 칸이 나뉘지 않은 도시락 반찬 통에 담긴 계란말이 같다는 느낌이 들곤 했다. 반찬통의 뚜껑을 열어보면 배추김치와 메추리알 간장조림과 계란말이가 영향을 주고받아 서로에게 스며든 상태. 김치 양념이 묻은 계란말이를 그대로 먹어야 하는 이의 마음을 모르는 사람과는 진짜 친구가 될 수 없을 것이다.

이 동네는 행정구역상 경기도였지만 서울과 등을 붙인 위치였다. 이만큼의 공간을 점유할 수 있게 되기까지 아주 많은 것들이 필요했다. 노력이라는 말로는 부족한 어떤 것들이. 내가 본격적으로 부동산 공부를 시작한 시기와 이 집에 들어온 시기가 맞물렸다. 먼저 '2030 부린이를 위한' 같은 수식어가 붙은 온라인 강좌를 몇 개 찾아 들었다. 주말마다 열리는 오프라인 단체 임장에 처음이자 마지막으로 참가했을 때 우재를 만났다.

그날의 임장지는 경기도 남부의 1기 신도시 중 하나였다. 재건축 가능성이 높은 대단지 세 군데를 리더가 특별히 골라두었다고 했다. 리더가 선두에서 설명하면서 걸었고, 열댓 명의 크루들이 단체 관광을 온 여행객들처럼 그 뒤를 졸졸 따랐다. 본격적인 여름은 시작되지 않았지만 더운 날씨였다. 마지막 세 번째 단지의 정문 입구에서 나는 일행으로부터 꽤 뒤처지게 되었다. 옆을 보니 낙오자가 하나 더 있었다. 옆얼굴 선이 단정한 남자였다. 나는 저만치 앞서가는 일행과의 거리를 가늠해보았다. 힘껏 뛰어가면 따라잡을 수 있을 것도 같았다. "죄송하지만 잠깐만 기다려 주시겠어요?"라고 소리치려는데 옆의 남자가 말을 붙여왔다.

"같이 기다리실래요?"

"네?"

"가만있어도 덥잖아요. 전 그냥 저기 앉아서 네이버 거리뷰로 보려고요. 어차피 다들 이 문으로 들어갔으니까 좀 이따 다시 나오겠죠."

생전 처음 만난 둘이 생전 처음 와보는 동네의 아파트 외벽이 바라다보이는 편의점 파라솔 아래 앉아 생수를 마셨다. 어디선가 매미가 쓰름쓰름 울었다. 부동산 강의의 수강생답게 그는 내게 어떤 일을 하느냐고 묻는 대신 어떤 지역에서 근무하느냐고 물었다. 나의 대답을 듣더니 천천히 중얼거렸다.

"최상급지네요."

그 말을 듣자 마치 내가 꽤 괜찮은 사람이 된 듯한 기분이 들었고, 이내 실소가 나왔다.

우재 또한 지하철역 이름을 대며 그 앞에 근무하고 있다고 본인을 소개했다. 크고 작은 IT업체들이 밀집한 동네였다. 그는 꿈을 찾을 수 있는 이런저런 방법을 찾아다니는 중이라고 말했다. 찾기를 위한 찾기인 셈이었다.

"그래서 찾으셨나요?"

"글쎄요, 일단 여기는 아닌 것 같네요. 회사에서도 너무 멀고."

그러더니 그는 다음 주 단체 임장에 또 참석할 건지를 물어왔다. 나는 고개를 저었다.

"건물 안에 들어가보지도 못할 줄은 몰랐어요."

우재는 아까보다 더 크게, 맞아요, 라고 호응했다. 한참을 기다려도 일행들이 나오지 않았다. 확인해보니 이미 후문 쪽으로 빠져나갔다고 했다. 그쪽이 지하철역과 가까운 번화가였다.

“사람이 둘이나 없어졌는데 아무도 안 찾네요.”

우재가 뭔가 조금은 섭섭하다는 듯 중얼거렸다.

“어차피 다시 안 볼 사인데요, 뭘.”

나중에 들어보니, 우재는 그 순간을 기점으로 나에게 관심이 생겼다고 했다. 기세가 있는 여자라는 생각이 들었다는 것이다. 차가운 맥주를 마시러 가자는 제안은 내가 먼저 했다. 그날 이후 우리는 몇 번 더 만나다가 이내 사귀는 사이가 되었다. 우재는 나와 동갑이었고 서로에게 이성적으로 끌린다는 것 외에 우리 사이에 공통점은 별로 없었다. 우재는 거의 항상 귀에 에어팟을 끼고 살았다. 평소 케이팝이 점령한 음원 차트를 무작위로 듣는 사람들에 대한 경멸의 감정을 숨기지 않았는데 그가 주로 듣는 음악은 세계 각국 인디밴드들의 곡이었다. 그는 에어팟 한쪽을 내 귀에 꽂아주며 재미있는 수수께끼인 양 묻곤 했다.

"어느 나라 밴드게?"

처음에는 나도 꽤 진지하게 도전했으나 번번이 틀렸다. 우재는 조금은 빼기는 듯한 표정으로 헝가리, 볼리비아, 말레이시아, 우즈벡 같은 답을 말했다. 그렇게 구체적이고 세부적인 것들을 구분하는 마음만이 귀하다는 게 그의 주장이었다. 이를테면 어떤 아파트의 82동을 다른 동과 정확하게 구분하는 태도 같은 것이.

서울의 부동산에 대해서도 우재는 아주 구체적인 최애 리스트를 가지고 있었다. 본인의 표현에 따르면 <서울의 강남 4구와 마용성을 중심으로 하되 나머지 18개

자치구(區)마다 한 개 이상의 아파트 단지를 포함시킨, 제법 객관적인 증거에 의해 작성됐지만 만든 이의 취향이 적절하게 반영되었다는 인상을 주기에 충분한> 목록이었다. 그리고 얼마 전부터 우리는 그곳을 하나하나 찾아다니며 도장깨기를 하고 있었다.

4

나는 소정원이 DM으로 보낸 말을 바로 알아듣지 못했다. 아니 알아듣지 못하는 척하고 싶었다. 귀찮은 일에 휘말리는 건 정말로 딱 질색이었다. 잠시 숨을 고르고서 이렇게 입력했다.

—그런 걸 왜 저한테…….

말줄임표가 내 진심을 대변했다. 그때 바로 그만두는 것이 맞았을 것이다. 휘말릴 수 있는 여지를 애초에 끊어버리는 것이.

—실장님은 이해해주실 것 같아서요. 좋은 분이니까.

소정원은 내가 자신에게 온정을 베푼 적이 있다고 했다.

—저번 겨울 눈 많이 내리던 날 재시험 면제해주셨는데. 아팠을 때.

어떤 장면 하나가 떠올랐다. 하늘에서 하얀 돌가루처럼 눈발이 쏟아져 내리던 밤이었다. 돌핀의 학생들은 각 반의 진도에 따라 매주 한 번씩 누적 테스트를 치러야만 했다. 그 시험에서 70점을 넘기지 못하면 과락이었다. 수업이 다 끝나도 집에 가지 못했다. 통과할 때까지 자습실에 남아 재시험을 치러야 했다. 매 시험이 끝나는 즉시 학급 전원의 개별 점수가 내림차순으로 학부모의 문자메시지로 전송되었다. 부모는 아이가 오늘 재시험 대상자로 지정돼 늦게 나온다는 사실과 함께 아이의 등수, 1등과 꼴등의 이름, 성적 분포 등을 모두 알게 된다.

서울시 교육청의 학원 교습 시간 정책에 따라 학원은 밤 10시에 반드시 문을 닫아야 했다. 재시험에 걸린 아이들은 독서실로 등록된 옆 건물의 자습실로 이동했다. 나를 비롯한 상담실 직원들 모두는 그 시스템을 좋아하지 않았다. 직원들이 돌아가며 초과근무를 해야 하기 때문이었다. 지난겨울 가장 큰 눈이 왔던 밤, 내 순번이었다. 바로 옆 건물로 잠깐 이동했을 뿐인데 머리와 어깨에 눈이 잔뜩 쌓였다. 눈을 털다가 건물 입구에 서 있는 여학생을 보았다. 하염없이 하늘을 바라보고 있었다. 얼굴은 기억나지 않는다. 이 동네의 아이들은 다 비슷비슷하니까. 체육복 위에 무채색 숏패딩, 무채색 백팩, 구부정한 어깨와 웃지도 찌푸리지도 않는 표정.

"왜 안 올라가요?"

질문을 질책으로 받아들였는지 아이는 고개를 내리깔았다. 뭐라고 대답했지만 잘 들리지 않았다.

"죄송합니다."

기어들어가는 목소리였다. 컴컴해서

잘 보이지 않아도 아이의 눈에 눈물이 그렁그렁하다는 걸 알 수 있었다.

"어디 아파요?"

"조금요."

따져보면 이상한 문답이었다. 어디가 아프냐는데 조금이라니. 나는 더 캐묻지 않고 오늘은 이만 돌아가라고 말했다. 아이가 놀라는 기색이 느껴졌다.

"몇 반 누구인지만 알려주면 내가 담임선생님께 말씀드려 놓을게요."

아이가 나지막하게 감사하다고 말했다. 그 아이가 소정원이었나 보다. 이 서사는 언뜻 미담으로 들릴 수도 있겠지만 사실은 오해였다. 마침 그 며칠 전, 자기 애가 아픈데도 기어이 재시험을 보게 했다면서 어떤 학부모가 격렬히 항의한 사건이 있었다. 그 부모는 아들의 감기가 폐렴으로 진행된

데 대해 학원 측에 배상을 청구하기라도 할 태세였다. 아프다는 원생은 억지로 잡아두지 말라는 지침이 위에서 내려왔다.

소정원이 나에게 연신 간곡하게 부탁하는 일은, 객관적으로 말해, 복잡한 과정이 필요한 일은 아니었다. 내가 일상적으로 하는 업무 중간에 하나의 공정을 살짝 추가하기만 하면 되는 일이었다. 이론상으로는 그랬다. 그런데, 그렇다고 해서, 그걸 '쉬운' 일이라고 할 수 있나. 그 제안을 받은 순간부터 위에서 무언가가 누르는 것처럼 두피 전체가 욱신거렸다.

그건 누적 테스트의 시험지를 조금만 미리 볼 수 있도록 해달라는 것이었다.

각 반의 강사들은 시험지를 매주 공용 서버에 올려놓았다. 그러면 시험 당일에 각 학년의 담당 실장이 내려받아 학급

인원수대로 출력해 교실에 가져다 두게 되어 있었다. 소정원 학년의 담당자가 바로 나였다. 다른 실장들처럼 나도 시험지를 출력하고 나서 습관적으로 핸드폰 사진을 찍어두었다. 자료 백업 차원에서였다. 그 사진을 수업 전에 미리 소정원에게 전송하기만 하면 되는 것이다. 아주 빠를 필요도 없고 그저 한두 시간 전이기만 하면 된다고 소정원은 말했다.

—사람 하나 살려주신다고 생각하면 안 될까요. 제발요.

당연히, 곤란하다고 나는 대답했다.

—내가 마음대로 그렇게 특혜를 줄 수 있는 입장이 아니고요. 또 학생도 알겠지만, 학원 누적 시험이라는 게 엄청나게 중요하지도 않고 그저 자기 실력 점검하는 장치일 뿐인데요.

—네, 잘 알고 있습니다. 하지만, 사실은

제가.

소정원은 극심한 시험 공포증을 앓고 있다고 고백했다. 교실에서 시험지를 딱 받는 순간 너무 떨려서 눈에 어떤 숫자도 글자도 들어오지 않는다고, 그래서 번번이 시험을 망치게 된다고 말이다. 미리 받아보면 좀 덜 떨릴 것 같다는 이야기엔 이상하게도 묘한 설득력이 있었다.

—두 번만 더 낙제면 레벨 다운이에요. 그렇지만 그러고 싶지 않습니다. 얼마나 힘들게 합격한 학원인데요. 한번쯤은 제가 저를 이겨보고 싶어요. 이기지는 못하더라도 언젠가는 그럴 수 있도록 지금부터 연습해 나가고 싶습니다. 실장님이 곤란하시다는 걸 정말 잘 알지만 조금만 도와주시면 은혜를 절대 잊지 않겠습니다.

목구멍이 간질거렸지만, 역시 어려울

것 같다고 나는 DM을 보냈다. 소정원은 포기하지 않았다.

—정말 한 번만 도와주시면 안 될까요. 제가 너무 급해요. 재시험 한 번 걸릴 때마다 부모님한테.

맞는다고 했다. 70점 이하부터 5점에 한 대씩. 차마 부위가 어디인지 물어보지는 못했다. 누적 시험에서 지금처럼 계속 하위권을 맴돌다 낮은 레벨로 떨어지고 그러다 학원에서 쫓겨나면 그 순간 자신도 집에서 쫓겨나게 될 거라고 했다. 그냥 하는 엄포가 아니라는 걸 자기는 분명히 알고 있다고 소정원은 썼다. 어쩌려고 나는 그 몇 개의 문장들에서 눈을 뗄 수 없었다. 그 순간을 놓치지 않고 소정원은 또 한 번의 공을 던졌다. 이번에는 변화구였다.

—실장님이 도와주시면, 많이

부족하겠지만, 제가 최대한 성의껏 보답을 드리려고 합니다.

'보답'이라는 단어를 어떻게 그 자리에 넣을 생각을 했을까, 이 아이는 천재인지도 모른다. 머리 가죽이 벗겨질 듯한 압통이 사라지지 않고 있었다. 소정원이 제시한 금액은 한 회당 10만 원이었다.

5

압구정역 부흥공인중개사사무소가 건너다보이는 커피숍에 우재는 미리 와 기다리고 있었다. 평소 데이트에선 그러지 않지만 임장 때면 그는 늘 약속 시간보다 조금 일찍 왔다. 정확한 시간에 도착했음에도 졸지에 늦은 사람이 되어버린 느낌이 번번이 나를 불편하게 했다.

우재와 내가 처음부터 같은 취미를 공유했던 것은 아니다. 둘만의 임장, 혹은 서울 시내 상급지 아파트 투어 연극을 시작하게 된 건 다분히 즉흥적이었다. 몇 개월 전, 길을 가다가 부동산에서 중개사와 함께 걸어 나오는 남녀를 보았다.

"우리도 한번 들어가볼까?"

우재의 말은 장난에 가깝게 들렸다.

"왜? 이사하려고?"

"그건 아닌데. 저기 산 밑에 있는 아파트, 이 동네에서 유일하게 내 리스트에 있는 곳이야."

부동산에 들어가 매물 좀 보여달라고 하면 되는데 왜 지금껏 그 편한 방법을 몰랐는지 모르겠다고 했다.

"어차피 집 한번 보러 왔다고 다 계약하는 건 아니잖아. 대부분 그냥 둘러만 보고 가서 다시 안 와."

"믿을까?"

"안 믿을 건 뭐야. 아까 그 사람들하고 우리하고 다른 게 없잖아."

우재의 말대로 중개사는 미심쩍어하는 기미라곤 전혀 없이 우리를 환대했다. 신혼집을 구하시냐는 질문조차 하지 않았다. 매매냐 전세냐는 물음에 매매라고 대답하니

한결 더 사근사근해졌다. 예산을 묻기에 내가 조금 전 바깥 창문에 붙어 있던 숫자를 댔다. 상상해본 적 없어서 실감 나지 않는 액수였다.

중개사의 차를 타고 집을 보러 갔다. 전세입자가 이사를 나가 비어 있는 곳이었다. 구조가 반듯하고 거실 전망이 툭 터진 집이었다. 거실 통창으로 언덕 아래의 정경이 환하게 내려다보였다. 밖에서 막연히 상상하던 것과는 확실히 달랐다. "신혼을 이런 곳에서 시작할 수 있으면 축복받으신 거죠." 중개사가 말했다.

"뭘요."

우재가 제법 겸손한 어조로 대답했다. 그 뒤로 중개사는 거듭 우재에게 연락을 해왔다. 우재는 난감하다면서도 우리 연기가 썩 그럴싸했나 보다면서 즐거워했다. 번호는 귀찮아서 바로 차단했다고 했다.

압구정 부흥공인중개사사무소 간판이 정면으로 보이는 창가에 앉아 그는 에스프레소를 원샷으로 입에 털어 넣었다.

"집 간단히 보고 근처에서 데이트하자. 맛있는 타코집 알아놨어. 타코 괜찮아?"

나는 타코를 좋아하지도 싫어하지도 않았다. 다만 불안했다. 인간의 심리란 기묘해서, 상대적으로 비싼 집을 볼 때 불안한 마음이 더 고조되었다. 뭐니 뭐니 해도 여기가 우리나라 대장 단지라는 우재의 말이 그 마음을 부추겼다. 우재는 다크네이비 색 정장 슈트를 빼입고 목에는 무려 넥타이까지 매고 있었다. 몇 해 전에 산 옷인 것 같은데, 그사이 몸이 좀 불었는지 지금의 그에겐 재킷의 어깨며 팔 부분이 빠듯하게 끼었다. 동생 교복을 빌려 입고 문상 가는 사람처럼 보였지만 나는 내색하지 않았다. 집을 보러 갈 때는 가능한 정장으로 챙겨 입어야 무시당하지 않는다는 얘기를 들은 적이 있다고 우재가 말했다.

"일종의 전투복 개념이랄까."

그는 넥타이를 살짝 고쳐 매며 중얼거렸다.

"여기서 통하면 대한민국에 안 통하는 데가 없을걸."

그 말은 무슨 뜻일까. 나는 알 듯도 모를 듯도 했다. 우재가 이 이상한 연극 놀이에 대해 무척 심취해 있는 건 확실해 보였다. 이 무대에 오르려는 그의 목표는 아무래도 '통하는' 것인 듯했다. 서울 시내 최상급지의 부동산을 당장 계약할 수 있는 남자의 배역을 맡아 자신의 연기가 이 세상에 제대로 통하기를 바라는 것. 우재는 출근복과 별다르지 않은 내 수수하고 평범한 차림새가

영 탐탁지 않은 눈치였다.

"모르는 남의 집 가는데 청바지는 좀 그렇지 않나."

참지 못하고 지적했다.

"그런가. 그렇지만 무슨 초대를 받은 것도 아니고. 나 원래 집 구하러 다닐 때 편하게 입고 다녀."

"너희 동네하고는 다르잖아."

그는 좀 화가 난 것 같았다. 아니면 긴장했기 때문에 그렇게 보였는지도 모른다. 우리는 부흥의 중개사를 따라 82동에 드디어 입성했다. 문을 열어준 사람은 20대 초반의 남자였다. 막 자다 일어났는지 헝클어진 머리칼에 무릎 나온 추리닝 바지 차림이었다. 중개사는 현관부터 차근차근 방문을 하나씩 열어봐주었다. 여러 사람이 사는지 방마다 가구와 짐들이 가득했다. 거실 화장실 앞에서 중개사는 단지가 워낙 오래되어서 녹물이 나오는 세대도 많지만 이 집은 배관까지 싹 고쳐서 문제없다고 설명했다. 우재가 연신 고개를 끄덕였다.

"총 식구 숫자가 어떻게 되신다고 했죠?"

중개사가 지나가는 말처럼 물었다.

"아, 그게. 저."

갑작스러운 질문에 우재가 쭈뼛거렸다. 내가 대신 대답했다.

"저희 둘이에요."

"아, 예."

중개사는 더 이상의 질문은 하지 않았다. 집주인도 중개사도 끝까지 적당히 친절하고 적당히 사무적인 태도를 유지했다. 집을 다 둘러보고 나오다가 나는 현관 앞에 가지런히 벗어놓은 우재의 구두를 보았다. 남의 집을 보러 가는 일은, 처음 가는 곳에 신발을

벗어두는 일임을 깨달았다. 우재가 신고 온 것은 평범한 디자인의 검은색 소가죽 로퍼였다. 중소기업의 4년 차 직장인이 신을 법한 구두였다. 벗어놓음으로써 구두는 존재감을 드러내고 있었다. 이유는 모르지만, 왠지 정체가 들통난 것만 같아 등줄기가 차가워졌다.

"우리만 산다고 하면 어떡해? 믿겠어?"

중개사와 헤어지고 둘만 남자마자 우재가 신경질을 냈다.

"그럼 뭐라고 해? 네 명? 다섯 명? 그건 너무 구체적인 거짓말이잖아."

우재가 쩝 입맛 다시는 소리를 냈다. 그가 알아 온 타코 레스토랑은 너무 번잡하고 시끄러웠다. 우리는 좀 전에 보고 온 집에 대해 두서없이 이야기를 나눴다. 옆 테이블의 대화와 섞이지 않으려면 본의 아니게 목소리를 높여야 했다. 사람 사는 건 다 비슷하더라고 우재가 소리치듯 말했다.

"정리 안 하고 옛날 물건들까지 죄다 쌓아두고 사는 게 우리 엄마집이랑 다를 바 없더라. 근데 뭐 얼마라고? 참, 말이 돼?"

그래서 짜증이 난다고 했다.

"똑같은 척하는데 사실은 다른 거, 그게 제일 싫어. 억까 당하는 것 같아서 불쾌해."

나는 살사 소스의 맛이 남은 혓바닥을 가만히 움직여 작게 따라해보았다. 불쾌해.

6

지난주 소정원의 진도는 수2의 로그함수 부분이었다. 누적 시험지에 서술형 열 문제가 빼곡히 출제돼 있었다. 보는 사람이 없는데도 나는 굳이 한 손바닥을 펼쳐 허공을 가린 자세로 시험지 사진을 찍었다. 전송은 텔레그램으로 했다. 오늘의 전송 시간은 오후 4:41. 수업 시작까지 79분 남아 있었다. 소정원이 미리 받은 이 문제들을 풀어보기에 충분한 시간인지 아닌지 나는 알지 못했다. 어쨌든 해답은 소정원 스스로 구해야 했다. 애초에 소정원은 답안지를 원하지 않았지만 설령 그랬더라도 내가 알려줄 방법은 없었다. 이 정도면 편법이 아니라곤 못해도 엄청난 위법까지는 아니지 않을까. 나는 내심 그렇게 생각하려고 노력했다.

시험지를 전송하고 나서 습관처럼 데이터에 접속해 소정원의 성적 그래프를 확인했다. 소정원의 성적은 한 달 전에 비해 수직상승했다. 한 달 전에 받은 성적은 60점으로 그 반에서 최저점이었다. 하지만 내가 전송을 시작하고부터는 확연하게 달라졌다. 그사이 재시험에 단 한 번도 걸리지 않은 것은 물론이거니와 첫 시험 80점, 두 번째 90점을 지나 세 번째, 네 번째는 연속해서 90점대 초중반을 기록했다. 답은 다 맞았으나 풀이 과정에서 약간의 감점이 있을 때 받는 점수대였다. 네 번째 시험의 등수는 반에서 2등이었다.

소정원은 성장하고 있었다. 분명히 그랬다. 자기 나름의 해답을 찾아가고 있었다. 불과 열다섯 살의 아이가 자신을 이겨보겠다는 결심을 하는 것은 보통 일이 아니었다. 타인을 향해 구해달라고 손을 내미는 것 또한 대단한 용기였다. 그 절박함을 나는 알고 있었다. 나는 그 손을 뿌리칠 만큼 박정한 어른이 아니었다.

소정원이 DM으로 구체적인 액수를 말하기 전까지 '대가'에 대해 차마 가늠하지 못하고 있었던 게 사실이다. 머릿속이 너무도 복잡해서였다. 다짜고짜 그런 제의를 받으면 누구라도 그럴 것이다. 혹시 지금 이상한 사기에 휘말리고 있는 건 아닌지, 경쟁 학원의 음모는 아닌지 등등. 아무리 봐도 내가 이 수상한 거래에 응할 합리적인 이유가 없었다. 그럼에도 응한다면? 누구든 한 가지 이유 때문이라고 짐작할 것이다. 모두가 아는 그것. 순식간에 모두를 합리적으로 만드는 그것.

소정원이 제안한 대로라면 한 달 기준 40만 원의 부수입이 내게 생기는 셈이었다.

많다면 많았고 적다면 적었다. 물론 인생을 바꿀 만한 돈은 아니었다. 어중간해서 도리어 매력적이었다. 피곤한 퇴근길에 고민 없이 택시를 탈 수 있고, 친구의 축의금으로 5만 원권 한 장을 더 넣을까 말까 내적 갈등을 하지 않을 수 있고, 1년을 그대로 모아 내년 여름휴가에 파리 여행을 다녀올 수 있는 돈이었다. 지금 사는 집세에 매달 40만 원을 보태면 옮길 수 있는 곳을 상상해보지 않았다면 거짓말이다.

그렇지만 나와 소정원 사이에 금전이 오가는 순간, 나의 선의는 밀거래라는 죄명을 얻게 될 것이다. 부동산 초급자를 위한 핵심 강좌에서는 자신의 욕망을 직시하려면 위험관리가 기본이라고 배웠다. 위험을 식별하고 분석하고 대응해야 한다고 말이다. 모험을 감행하려면 어떻게든 리스크를 줄여야 했다. 어떤 분야나 마찬가지였다. 소정원을 돕고 싶다는, 손을 내밀고 싶다는 내 마음 깊은 곳의 욕구를 기필코 외면하지 않으려면 어쩔 도리가 없었다.

내가 계좌번호를 알려주지 않자 소정원은 어찌할 바를 몰랐다. 대가 없이 일이 진행될 수 있으리라는 가능성은 짐작조차 못한 것 같았다. '받은 돈이 없어야 덜 위험할 것 같아서'라는 말은 하지 않았다. 대신 나는 "아무한테도 말하지 말고, 공부 열심히 하세요"라고 했다. 공부를 열심히 하라고 말하다니 세상에서 가장 착한 척하는 꼰대로 보일 거였다.

—정말 감사드립니다. 이 은혜는 반드시 꼭 갚도록 하겠습니다.

은혜는 모르겠고, 만약에 나중에 집에서 어떤 큰일이, 지금보다 더 나쁜 일이

일어나면 꼭 말해야 한다고, 믿을 만한
어른을 찾아가야 한다고 나는 당부했다.
가정 폭력에 놓인 한 아이의 상황을 알게
된, 아동학대 신고 의무자의 책임감이라고
해두자. 사실 나는 교육자도 아니고 뭣도
아니었다. 자주 초과근무를 해야 하는, 평범한
소기업의 직장인이었다. 공교롭게 직장의
업종이 학원업일 뿐이었다. 하지만 멀리
있는 파수꾼이라도 지켜보는 이가 아무도
없는 것보단 낫겠지. 조금이라도 그렇겠지.
그렇다고 믿어버리기로 했다.

—실장님 너무 좋은 분.

나는 소정원이 보낸 마지막 DM에 하트를
눌렀다.

내가 수2 로그함수 시험지를 보낸 날,
소정원은 학원에 나오지 않았다. 출석부에는

병결로 표시되어 있었다. 다른 실장이 보호자의 전화를 받았다는 기록이 함께였다. 다음 수업일에도, 그다음 수업일에도 결석이었다. 우리가 DM을 주고받았던 인스타그램 계정도 사라져 있었다.

7

성수동 웰리치 공인중개사사무소는 서울숲 인근의 신축 빌딩 2층에 있었다. 이번에도 우재가 건물 앞에 먼저 도착해서 나를 기다렸다. 그는 세미 오버핏의 울블레이저에 캐주얼 셔츠를 받쳐 입고 단정한 면바지를 입은 차림이었다. 신발은 흰색 아디다스 삼바였다. 얼마 전에 내가 신은 아디다스를 보고는 “경제력도 취향도 적당히 숨기는 덴 역시 이거네”라고 하더니 줄곧 그것만 신고 나왔다. 오늘 그의 무대의상 콘셉트는 ‘성수동의 초고층 신축 단지의 30평형대 매물을 보러 온, 아마도 신혼집을 구하려는 듯한, 적당히 부유하고 적당히 안정적이며 적당히 점잖고 적당히 세련된 취향을 가진 30대 남성의 주말 룩’쯤인

모양이었다.

"어 또 데님?"

그가 내 청바지를 보며 미간을 찌푸렸다. 며칠 전, 그 지역 분위기에 맞게 '비즈니스 캐주얼'로 입자는 우재의 제안에 동의했던 일을 까맣게 잊었다. 임장 지역이 어디인지에 따라 복장을 달리하는 게 낫겠다는 게 우재의 의견이었다. 어떤들 어떻겠느냐는 게 나의 심정이었다. 사라진 소정원을 떠올리면, 늙은 오이 맛 나는 수박을 삼키지도 뱉지도 못한 채 마냥 입속에 물고 있던 어린 날의 계곡에서처럼 막막해졌다.

웰리치 사무소는 부동산이라기보다 새로 오픈한 카페처럼 미니멀한 고급 가구와 소품들이 놓인 공간이었다. 실내 한가운데 북카페에나 있을 법한 대형 우드 테이블을 두었다. 포마드를 한 통 쏟아부어 매만진

헤어스타일 탓에 나이를 가늠할 수 없는 한 남자가 우리를 맞이했다. 테이블에 마주 앉자마자 그는 자신의 명함을 우리에게 각각 건넸다.

"강 실장입니다. 실례지만 두 분도, 가지고 계시면, 한 장 주시면 감사하겠습니다."

지금까지 만난 모든 중개사에게 명함을 받았지만 맞교환을 요구하는 경우는 처음이었다. 가지고 오지 않았다고 우재가 말했다. 당황한 기색이 역력했다. 남자가 나를 바라보았다. 명함이라면 지갑 어딘가에 두어 장 들어 있기는 할 거였다. 나는 가방 안에 손을 집어넣었다. 우재는 입술을 꾹 다물고 있었다.

돌핀 매쓰 수학학원 본원 상담실장 김다미.

그것이 나의 사회적 이름이었다. 학원에

같은 직함을 가진 실장들이 여섯 명 더 있다고 밝힐 타이밍은 놓쳤다. 그러면 남자는 이곳의 실장은 총 몇 명인지 알려주었으려나. 하지만 강 실장은 내 명함을 들여다보지도 않고 탁자 옆에 놓아두었다.

"감사합니다. 원칙적으로 상호 교환하는 것이 저희 방침이라서요. 저희의 네트워크를 공유해드릴 수도 있고요."

남자가 우재를 향해 말했다.

"선생님께는 그럼 다음번에 꼭 부탁드리겠습니다."

우재는 떨떠름한 표정을 감추지 않으며 고개를 까닥했다.

"이해해주셔서 감사드립니다. 요즘 여러 일들이 있어서 저희도 자구책으로. 저는 고객님들께 반농담 삼아 이렇게 말씀드립니다. 유튜버만 아니시면 된다고."

그러면서 그는 우리 앞에 종이 한 장을 내밀었다. 계약서. 맨 윗줄에 분명히 그렇게 적혀 있었다.

"한번 천천히 읽어보십시오."

"착오가 있으신 것 같은데 저희는 오늘 계약하러 온 게 아닙니다."

우재는 의도적으로 딱딱하고 사무적인 말투를 구사했다. 현재 자신이 불쾌함을 느끼고 있으며 잠시 후 분노를 표출할 수 있는 상태임을 상대에게 알리는 것 같았다. 그동안 나는 상담실의 학부모들을 통해 이런 상황을 수도 없이 보아왔다.

"네, 그럼요, 알고 있습니다."

남자가 선선히 답했다. 그동안 나는 눈으로 종이에 적힌 내용을 빠르게 훑었다. 항목 하나하나마다 번호가 매겨져 있었다.

1. 매수인은 대리인에게 본명 및 주소,

직장명 등 본인의 신분을 바르게 밝혀야 한다.

2. 매도인이 원할 시, 대리인은 부동산 현장을 보기 전에 계약금 전액(매매가의 10%)이 들어 있는 통장 잔고 제출을 요청할 수 있다.

3. 매물 현장에 대한 영상 촬영을 금지하며, 관련 사진 및 내용을 추후 타인에게 전달하거나 SNS 등에 게시할 수 없다.

4. …….

"잘 읽어보시고 아래에 서명해주시면 됩니다."

내가 옆에 놓인 볼펜을 집은 것과 거의 동시에 우재가 자리에서 벌떡 일어났다.

"아니 그럼 우리가 돈도 없이 남의 집을 보러 왔다는 겁니까? 할 일 없어서 남의 집이나 보러 다니는 걸로 보입니까?"

돈도 없이 남의 집. 할 일 없어서 남의 집.

우리의 부동산 투어가 이토록 일목요연하게 축약될 수 있음을 알았다.

"요즘이 어떤 세상인데 고객한테 갑질을 합니까? 사람들이 뭐라는지 커뮤니티에 한번 올려볼까요?"

나는 우재의 소맷단을 끌다시피 하여 그곳을 빠져나왔다. 나와서도 그는 계속 씩씩거렸다.

"아니, 돈이 있어야 집을 보여준다는 거야? 말이 돼? 우리가 뭘 훔치려는 거야? 그런 거야?"

그는 화가 났다기보다 기가 막혀 있는 상태에 가까웠다. 자꾸 질문만을 반복했다.

"사람을 이렇게 무시해도 되는 거야? 응? 그런 거야?"

그 질문은 나를 향해서가 아니라 허공을 향해 던져지고 있었다. 내가 아직 보지 못한 우재의 모습이 얼마나 많은지를 생각했다. 지금 모르는 모습은 계속해서 모르고 살아가는 게 나을 것 같았다. 우재가 미처 모르는 내 모습을 굳이 보여주고 싶지 않듯이. 우리는 목적지 없이 쭉 걸었다. 마냥 직진하다 보니 어느새 서울숲으로 연결되는 횡단보도에 도착했다.

"배고파? 밥 먹고 갈래?"

우재가 물었다.

"아니. 괜찮아."

학원에 할 일이 남아 있다고 나는 말했다.

"그래."

우재는 아까에 비해 꽤 이성을 찾은 상태였다. 다행이었다. 어떤 관계는 매듭 없이 끝난다. 그가 좀 더 걷겠다고 말했다. 우리는 숲이 보이는 건널목 앞에서 헤어졌다.

8

토요일 오후의 사무실은 평소에 비해 훨씬 조용했다. 당직을 맡은 실장님은 태블릿으로 유튜브 쇼츠를 보는 중이었다. 내 책상은 그와 등진 자리였다. 나는 컴퓨터를 켜고 재원생 관리 프로그램을 열었다. 이름 검색. 소정원/ D여중 3학년/ 4레벨 화목 C반. 보호자의 전화번호가 있었다. 나는 헤드셋을 쓰고 전화를 걸었다. 신호가 한참 울려도 받지 않아 끊으려고 하는 찰나 통화가 연결되었다. 전화를 받은 사람은 나이를 가늠하기 힘든 여자였다.

"안녕하세요. 수학 전문, 돌핀, 매쓰, 학원입니다. 소정원 학생 어머님 되시나요?"

"네, 맞습니다."

5점마다 한 대씩 때린다는 그 사람.

"소정원 학생이 계속 등원을 하고 있지 않아서 연락드렸습니다."

연속 3회 결석 학생에 대한 매뉴얼대로 나는 말했다. 저 너머에서 짧은 침묵이 스쳐 갔다는 느낌은 내 착각일까.

"안녕하세요. 아이가 몸이 좋지 않아서 쉬었습니다. 결석하기 전에 당일 연락을 드렸었는데요?"

굴곡 없이 차분하고 상냥한 음성이었다.

"네. 알고 있습니다. 그래서 혹시 보강 스케줄을 잡아드릴까 하고 연락드렸습니다."

"보강, 괜찮습니다."

"그런데 저희가 수업 당일에 결석을 알려주신 부분에 대해서는 수업료 차감이나 환불이 어려우셔서요."

"아, 상관없습니다. 알아서 처리해주시면 됩니다."

수업 한 회 비용에도 예민한 보통의 학부모들 사이에서 보기 드문 유형이었다.

"그러면 소정원 학생은 언제 다시 등원할까요? 저희가 이제 다음 달 등록 기간이 시작되어서요."

"네, 몸이 계속 좋지 않아서 다음 달은 일단 쉴 예정입니다."

그러면 휴원으로 결정하시겠느냐고, 휴원 중이어도 교육비는 납부해야 한다고, 그렇지 않으면 다시 입학시험을 봐야만 한다고 나는 설명했다. 이것 또한 그만두려는 학부모들에게 대응하는 기본 매뉴얼이었다. 매뉴얼만이 실무자를 돕는다.

"아 그렇군요."

정말로 몰랐다는 듯이 여자가 대꾸했다. 상의해본 후에 다시 연락드리겠다고 했다.

"네. 어머님. 저, 그런데, 소정원 학생은

괜찮은가요?"

이상하게 들리리라는 것을 알면서도 나는 물었다.

"아까 아프다고 하셔서."

"어머, 신경 써주셔서 감사합니다."

여자가 부드러운 웃음기를 머금은 목소리로 대답했다.

"네, 정원이 이제 괜찮아요."

전화를 끊고 나서, 개별 학생 상담 카테고리의 '소정원/ D여중 3학년/ 4레벨 화목 C반' 메모장에 '아팠으나 괜찮아짐. 재등록 일단 보류. 의논 후 추후 결정'이라는 글자들을 넣었다. 불완전한 문장이었다. 그런데 소정원의 어머니는 누구와 상의한 뒤에 다시 연락을 한다는 것인지 궁금했다.

달이 바뀌었다. 소정원은 돌핀에 재등록을

하지 않았다. 아무 연락도 없다가 새달에 홀연히 사라지는 학생들은 원래 많았다. 소정원과 같은 D여중 3학년인 C반 학생이 교육비 결제를 위해 상담실에 들렀다. 나는 무심한 듯이 중얼거렸다.

"이제 그 반에 D여중은 혼자네요. 그 다른 학생은 이제 안 오나."

"네, 정원이는 미국 갔어요. 보딩."

보딩스쿨. 기숙사 학교였다. 예상치 못한 결말이었다.

9

시간이 무정하게 흘렀다. 소정원에게서도 우재에게서도 연락은 오지 않았다. 성수동 웰리치 부동산 강 실장은 달랐다. 그는 이틀에 한 번씩 오후 4시마다 꼬박꼬박 문자를 보냈다. '서울숲을 내 집 정원처럼 쓰고 싶으신가요? 매매 전세 월세. 편한 시간에 연락주세요. 24시간 상담 가능.' 고재 테이블 위에 남기고 온 내 명함을 떠올렸다. 최소한 그의 리스트에 포함됐으니 우리의 어설픈 연극 놀이를 완벽한 실패라고만은 할 수 없었다. 보는 사람이 아무도 없는데도 누적 시험지의 사진을 미리 찍어둘 때면 여전히 나는 한쪽 팔로 허공을 가리는 시늉을 한다.

명절 연휴를 열흘쯤 앞둔 어느 날이었다.

연휴 휴강에 따른 보강 계획을 세우고 강사별 스케줄을 정리하느라 정신없이 바빴다. 누가 내 책상 한 옆에 택배 상자를 가져다 둔 걸 나중에 보았다. 어제 시킨 화장품이 벌써 왔나 보다 생각하면서 뜯지 않고 두었다. 저녁 늦게 좀 한가해진 틈에 포장을 뜯었다. 기름한 모양의 사각 케이스가 나왔다. 케이스를 열자 검은색 가죽 장지갑이 들어 있었다. 아무 로고도 없었다. 내가 주문한 적 없는 물건이었다.

택배 송장을 확인해보았다. 학원 이름, 내 이름, 내 전화번호까지 정확했다. 보내는 이의 이름, 주소, 전화번호는 모두 낯설었다. 지갑을 열어보았다. 지폐 칸에 5만 원권이 여러 장 꽂혀 있었다. 세어보니 모두 열 장이었다. 두 번 접힌 종이를 카드 칸에서 발견했다.

김 실장님, 그동안 신경 많이 써주셔서

정말 감사드립니다. 잊지 않겠습니다.
건강하세요.

송장에 적힌 전화번호를 재원생 관리 프로그램의 검색창에 넣어보았다. 소정원의 보호자가 떴다. 그랬구나, 역시. 나는 천천히 어떤 사실을 받아들였다. 뒤통수는 얼얼했다. 내가 거대한 거미줄의 한 귀퉁이에 얽혀버린 날벌레인지 아니면 둔한 공모자인지 영원히 가려낼 수 없을 것이다. 모르는 새 내가 팔아버린 것과, 내가 빼앗긴 것을, 그리고 잃어버리지 않은 것을 생각하면서 나는 오래도록 자리에서 일어서지 못했다.

작가의 말

우리가 모두 거미줄 안에 있다는 것을 줄곧 써왔다고 생각합니다.

서로가 서로에게 벗어날 수 없을지라도, 그에 대해, 그 벗어날 수 없음에 대해, 내가 속한 거미줄의 모양과 정체에 대해, 알고 싶다고.

이 소설을 언제 시작했는지 정확히 말하기는 어렵습니다. 무척 오래전이기 때문입니다. 긴 시간 동안, 불안하지 않은 적이 없었다는 것은 말할 수 있습니다.
팬데믹이 끝나기 전의 어느 날, 마스크를 쓴 채 공유 오피스의 16인용 테이블 한 귀퉁이에 앉아 있던 내 모습이 떠오릅니다. 어린 다미가 수박 조각을 거부하는 장면을 거듭 고쳐 쓰고 또 고쳐 썼습니다. 한 개의 쉼표를 들여다보며, 지웠다가 넣었다가 뺐다가 도로 넣으며 보낸 오후도 있었습니다. 그때의 나는 왜 그랬던 걸까요. 다미에 대해 어떻게든 더 알고 싶어서였던 것 같습니다. 티끌만 한 단서라도 놓치고 싶지 않았습니다. 쉼표 하나의 존재와 부재 사이에, 있다가 없어진 흔적을 끈질기게 추적하는 탐정처럼.

기어이 지나야 할 순간들을 지나고 흔적들이 조금씩 쌓여가는 동안 소설을 완성하지 못할 거라는 불안도 서서히 옅어져 갔습니다. 소설을 완성할 수 있어서, 세상에

내보일 수 있어서 기쁩니다. 이유 모를 불안의 불씨가 완전히 꺼지지는 않았지만 그런 건 영영 사라질 수 없는 감정임을 이제 압니다.

소속된 인간이면 누구든 파는 동시에 사는 존재로 만드는 메커니즘이 궁금했습니다. 사는 사람. 일찌감치 정한 제목의 네 음절에 처음부터 끝까지 의지했습니다. 다른 제목을 고민한 적도 있었으나 바꾸지 못했습니다. 왠지 의리를 저버리는 것 같아서요.

'사는 사람'이라는 제목을 듣고 나서 누군가는 당연한 듯 '구매하는 사람'이라고 이해하고, 또 누군가는 '인생을 살아가는 사람'이라고 받아들입니다. 다른 누군가는 '거주하는 사람'이라고 해석합니다. 다 맞습니다. 그렇다고 생각합니다. 거미줄

속 인간은 복합적인 존재니까요, 아무렴, 그런 마음으로 읽어주신다면 더할 나위 없겠습니다.

다미와 소정원이 눈 내리는 밤, 같은 곳에서 있던 장면을 좋아합니다. 소설 전체에서 가장 마음에 드는 단어는 '파수꾼'입니다.

2025년 봄

정이현

정이현 작가 인터뷰

Q. 이 소설은 현대사회의 계급과 욕망, 윤리적 딜레마 등을 현실적인 디테일과 섬세한 심리묘사를 통해 날카롭게 보여줍니다. 이 소설을 쓰시게 된 계기는 무엇일까요?

A. 질문을 찬찬히 읽고 나서 생각해보니, 어쩌면 '딜레마'라는 단어에서 시작된 소설이 아닌가 싶습니다. 우리는 누구나 이 사회에서 복잡한 관계망에 얽혀 있습니다. 선택(들) 앞에서 딜레마를 겪지만 결국 최종 결정을 피할 수는 없습니다. 한 개인의 선택 행위에 대해 자발적/비자발적이라는 판별을 누가 할 수 있을까요. 그런 질문을 2020년대 한국의 현실이라는 구체적인 공간 안에서 풀어보려고 했던 것 같습니다.

Q. 다미는 "종종 내가 칸이 나뉘지 않은 도시락 반찬 통에 담긴 계란말이 같다는 느낌이 들곤 했다. 반찬통의 뚜껑을 열어보면 배추김치와 메추리알 간장조림과 계란말이가 영향을 주고받아 서로에게 스며든 상태. 김치 양념이 묻은 계란말이를 그대로 먹어야 하는 이의 마음을 모르는 사람과는 진짜 친구가 될 수 없을 것이다"(23~24쪽)라고 말하며 최소한의 공간 분리에 대해 진지한 염원을 갖게 됩니다. "'나로부터 나를 분리'하고 싶은 날"(23쪽)에 "혼자뿐이지만 침실로 가서 방문을 꼭 닫"(22쪽)습니다. 작가님께서는 '나로부터 나를 분리하고 싶은 날' 어떻게 하시나요?

A. 저 역시 당연히 그런 날이 있는데요. 그럴 땐 차에 혼자 그냥 가만히 앉아 있곤

합니다. 주차장에서 시동을 끄고 그 안에 하염없이 앉아 있어요. 음악도 듣지 않고, 눈을 감지도 않고 그냥 가만히. 물리적으로 그조차 불가능할 때는 그저 알고리즘을 따라 유튜브의 쇼츠를 보기도 하고, 구체적인 목적 없이 인터넷 쇼핑몰을 하염없이 돌아다니기도 합니다.

Q. '우재'는 "서울의 강남 4구와 마용성을 중심으로 하되 나머지 18개 자치구마다 한 개 이상의 아파트 단지를 포함시킨, 제법 객관적인 증거에 의해 작성됐지만 만든 이의 취향이 적절하게 반영되었다는 인상을 주기에 충분한"(29~30쪽) 아주 구체적인 최애 리스트를 가지고 다미와 함께 서울 시내 상급지 아파트를 하나하나 찾아다니며 도장깨기 하듯이 부동산 투어를 합니다. 우재는 "일종의 전투복 개념"으로 정장 슈트를 빼입고 "여기서 통하면 대한민국에 안 통하는 데가 없을"(44쪽) 거라고 믿으며 이 이상한 연극 놀이에 심취합니다. 그런데 정작 그곳에 실제로 '사는 사람'은 "막 자다 일어났는지 헝클어진 머리칼에 무릎 나온 추리닝 바지 차림"(45쪽)으로 우재와 강렬한 대비를 이루어 실소를 자아냅니다.

그런 모습을 보며 우재는 "똑같은 척하는데 사실은 다른 거, 그게 제일 싫어. 억까 당하는 것 같아서 불쾌해"(48쪽)라고 말합니다. "아까 그 사람들하고 우리하고 다른 게 없잖아"(41쪽)라고 말하다가도, "너희 동네하고는 다르잖아"(45쪽)라고 말하는 모순적 시선을 드러냅니다. 우재가 생각하는 '같음'과 '다름'은 무엇일까요?

A. 우재와 다미는 결이 비슷해 보이지만, 알고 보면 다른 성향의 사람으로 설정했습니다. 둘이 같이하는 임장 연극이 거듭될수록 다미의 내면에서는 미묘한 불편함이 자라지만, 우재는 점점 더 나아지고 싶다고 생각하고 발전하는 방향을 찾으려고 노력하는 사람입니다. 단순하게 표현하자면, 보다 신자유주의적 인간형의 면모에

닿아 있달까요. 우재는 '같음'과 '다름'의 중요성에 대해 말하지만 그 판별만 중요할 뿐 그 각각의 다름'들'이 각각 어떤 방식으로 다른지 섬세하게 들여다볼 마음은 없지 않을까 생각합니다. 섬세한 구분이 중요하지 않아서가 아니라, 본인이 찾은 답과 다른 것에 자신의 눈길이 머무는 것을 '지는' 거라고 믿기 때문이에요.

Q. 다미는 상담실장으로 일하는 학원에서 학부모와 학생들의 다양한 요구를 처리하는 가운데, 소정원이라는 학생으로부터 시험지를 미리 제공해달라는 부탁을 받습니다. 소정원은 극심한 시험 불안과 가정 폭력을 호소하며 도움을 요청하고, "타인을 향해 구해달라고 용기를 내미는 것 또한 대단한 용기"라고 여기며, "그 손을 뿌리칠 만큼 박정한 어른이 아니"(51쪽)었기에 결국 다미는 작은 호의로 시험지를 미리 보내줍니다. 하지만 끝내 자신이 알지 못하는 사이에 부당한 거래의 공모자가 되어버렸다는 사실을 깨닫고 혼란에 빠져듭니다. "내가 거대한 거미줄의 한 귀퉁이에 얽혀버린 날벌레인지 아니면 둔한 공모자인지 영원히 가려낼 수 없을 것이다. 모르는 새 내가 팔아버린 것과, 내가 빼앗긴 것을, 그리고 잃어버리지 않은

것을 생각하면서 나는 오래도록 자리에서 일어서지 못했다."(71쪽) 저 또한 이 문장 앞에 오래도록 머물며 모든 선택이 결국 체제의 일부로 이용당하고 마는 현대사회의 씁쓸한 현실을 느낄 수 있었습니다. 이 사건이 다미에게 어떤 변화를 가져올까요?

A. 마지막을 정해두고 쓰지는 않았습니다. 저는 아주 드문 경우를 제외하곤 언제나 그렇게 작업합니다. 이번에도 소설의 마지막 부분을 쓰다가, 어떤 문장에 닿았고 그것이 끝 문장이라는 것을 본능적으로 알았습니다. 아 됐다, 하는 거지요.

다미가 빼앗긴 것은 '그 순간의 선의'일지도 모릅니다. 그러나 눈 뜬 채 팔아버리고 빼앗겼다고 해서, 그걸 잃어버린 것은 아닙니다. 다미는 잃어버리지 않은 것을 가지고 계속 살아갈 것입니다. '사는 사람'이니까요. 또다시 어떤 밤에, 내리는 눈을 바라보며 우는 소녀를 만난다면 말을 걸어야 하나 말아야 하나 잠시 망설일 수는 있겠지만, 그래도 어디 아프냐고 다시 물으리라는 걸 저는 알고 있습니다.

Q. 아마도 작가님 인생에서 가장 오래 붙들고 있었던, 애정이 큰 작품이라고 말씀하셨는데요, 이 소설을 집필하시면서 가장 오래 고민했던 장면이 있다면 무엇인가요?

A. 1장과 2장이었습니다. 1장은 다미라는 인물을 형상화하는데 중요해서 세부적인 부분들을 수도 없이 다시 쓰고 고쳐 쓰기를 반복했습니다. 2장은 학원 업무에 관한 것들을 잘 서술해야 한다는 부담감이 커서 그랬던 것 같습니다. 더 상세히 알기 위해 학원 상담실장으로 취업해야 하나 할 정도로 부담이 컸습니다. 그러나 어느 순간 현실에 대한 소설이라고 해서, 현실을 한 치의 오차도 없이 복제할 필요는 없다는 인식을 한 뒤부터 훨씬 편안해졌습니다. 상상을 입히자 보다 즐겁게 써 내려갈 수 있었습니다.

Q. 작품 속 '사는 사람'이라는 개념이 단순한 생존을 넘어 더 깊은 의미를 지닌 듯합니다. 작가님께서 생각하시는 '사는 것'의 본질은 무엇일까요?

A. 네, '사는'의 의미는 'buy'로 시작했습니다만 점점 '거주하는', '살아가는'의 의미로 변주되고 확산되기를 바랐습니다. '사는 것'의 본질은, 저도 여전히 모르지만, 순간들의 모음이라고 생각합니다.

Q. "동시대인의 보폭으로 걷겠다"고 말씀하신 것처럼, 늘 '지금 여기'의 이야기들을 동시대적 감각으로 첨예하게 그려내시는데요, 시대 감각을 날카롭게 유지하는 작가님만의 비결이 있으실까요?

A. 소설을 처음 쓰기 시작했을 때부터 '지금, 여기'에 대해 쓰겠다는 생각이 확고했습니다. 당연한 말이지만, 저 역시 동시대의 보통 생활인, '사는 사람'으로 살아가고 있습니다. 부동산에도 가고, 아이들 학원을 알아보기도 하는 그런 일상이요. 정말로 평범한 일상이지만 잘 관찰하고 사유하려고 노력합니다. 지금 다시 저 문장을 보니 그 '보폭으로 계속 걷는 일을 유지'하는 것에는 분명히 어떤 힘이 필요하다는 생각이 드는데요. 보폭을 지나치게 빨리하거나 혼자

제자리걸음을 하는 작가가 되지 않아야겠다고
다시 결심합니다.

Q. 최근 관심 있는 주제나 앞으로 쓰시고 싶은 이야기에 대한 힌트를 살짝 들려주실 수 있을까요?

A. 2020년대의 개인들, 돈이라는 물질과 사랑이라는 감정의 관계를 주제로 한 소설을 쓰려고 준비하고 있습니다. 혼자 '돈과 사랑'이라는 가제를 붙여두고 물끄러미 바라보는 중입니다.

한 조각의 문학, 위픽 

구병모 《파쇄》
이희주 《마유미》
윤자영 《할매 떡볶이 레시피》
박소연 《북적대지만 은밀하게》
김기창 《크리스마스이브의 방문객》
이종산 《블루마블》
곽재식 《우주 대전의 끝》
김동식 《백 명 버튼》
배예람 《물 밑에 계시리라》
이소호 《나의 미치광이 이웃》
오한기 《나의 즐거운 육아 일기》
조예은 《만조를 기다리며》
도진기 《애니》
박솔뫼 《극동의 여자 친구들》
정혜윤 《마음 편해지고 싶은 사람들을 위한 워크숍》
황모과 《10초는 영원히》
김희선 《삼척, 불멸》
최정화 《봇로스 리포트》
정해연 《모델》
정이담 《환생꽃》
문지혁 《크리스마스 캐러셀》
김목인 《마르셀 아코디언 클럽》
전건우 《앙심》
최양선 《그림자 나비》
이하진 《확률의 무덤》
은모든 《감미롭고 간절한》
이유리 《잠이 오나요》
심너울 《이런, 우리 엄마가 우주선을 유괴했어요》
최현숙 《창신동 여자》

연여름 《2학기 한정 도서부》
서미애 《나의 여자 친구》
김원영 《우리의 클라이밍》
정지돈 《현대적이라고 말할 수 없는 죽음들》
이서수 《첫사랑이 언니에게 남긴 것》
이경희 《매듭 정리》
송경아 《무지개나래 반려동물 납골당》
현호정 《삼색도》
김 현 《고유한 형태》
이민진 《무칭》
김이환 《더 나은 인간》
안 담 《소녀는 따로 자란다》
조현아 《밥줄광대놀음》
김효인 《새로고침》
전혜진 《고르디우스의 매듭을 자르면》
김청귤 《제습기 다이어트》
최의택 《논터널링》
김유담 《스페이스 M》
전삼혜 《나름에게 가는 길》
최진영 《오로라》
이혁진 《단단하고 녹슬지 않는》
강화길 《영희와 제임스》
이문영 《루카스》
현찬양 《인현왕후의 회빙환을 위하여》
차현지 《다다른 날들》
김성중 《두더지 인간》
김서해 《라비우와 링과》
임선우 《0000》
듀 나 《바리》
한유리 《불멸의 인절미》
한정현 《사랑과 연합 0장》
위수정 《칠면조가 숨어 있어》
천희란 《작가의 말》
정보라 《창문》
이주란 《그때는》
김보영 《헤픈 것이다》
이주혜 《중국 앵무새가 있는 방》

정대건 《부오니시모, 나폴리》

김희재 《화성과 창의의 시도》

단 요 《담장 너머 버베나》

문보영 《어떤 새의 이름을 아는 슬픈 너》

박서련 《몸몸》

금정연 《모두 일요일이야》

박이강 《잡 인터뷰》

김나현 《예감의 우주》

김화진 《개구리가 되고 싶어》

권김현영 《수신인도 발신인도 아닌 씨씨》

배명은 《계화의 여름》

이두온 《돈 안 쓰면 죽는 병》

김지연 《새해 연습》

조우리 《사서 고생》

예소연 《소란한 속삭임》

이장욱 《초인의 세계》

성해나 《우리가 열 번을 나고 죽을 때》

장진영 《김용호》

이연숙 《아빠 소설》

서이제 《바보 같은 춤을 추자》

권희진 《일단 믿는 마음》

정이현 《사는 사람》

위픽은 위즈덤하우스의 단편소설 시리즈입니다.
'단 한 편의 이야기'를 깊게 호흡하는
특별한 경험을 선사합니다.

이 작은 조각이 당신의 세계를 넓혀줄
새로운 한 조각이 되기를.
작은 조각 하나하나가 모여
당신의 이야기가 되기를.

당신의 가슴에 깊이 새겨질
한 조각의 문학, 위픽

위픽 뉴스레터 구독하기
인스타그램 @wefic_book

사는 사람

초판 1쇄 인쇄 2025년 4월 8일
초판 1쇄 발행 2025년 4월 23일

지은이 정이현
펴낸이 최순영

출판2 본부장 박태근
스토리 팀장 김소연
편집 곽선희 김다인 김해지
디자인 김태수 이세호

펴낸곳 ㈜위즈덤하우스 **출판등록** 2000년 5월 23일 제13-1071호
주소 서울특별시 마포구 양화로 19 합정오피스빌딩 17층
전화 02) 2179-5600 **홈페이지** www.wisdomhouse.co.kr

ISBN 979-11-7171-413-1 04810
979-11-6812-700-5 (세트)

값 13,000원